亚洲经典著作互译计划

少年拜尔迪的苦难

[吉尔吉斯斯坦] 图鲁斯别克·马德尔拜　著

朱碧滢　译

河南文艺出版社

·郑州·

СТРАДАНИЯ ЮНОГО БЕРДИ by Турусбек Мадылбаев

Copyright © Турусбек Мадылбай, 2008

Simplified Chinese edition copyright © 2023 Henan Literature and Art Publishing House

中文版权 © 2023 河南文艺出版社

经授权,河南文艺出版社有限公司拥有本书的中文(简体)版权

豫著许可备字-2023-A-0076

图书在版编目(CIP)数据

少年拜尔迪的苦难/(吉尔)图鲁斯别克·马德尔拜
著;朱碧滢译. --郑州:河南文艺出版社,2024.2

ISBN 978-7-5559-1539-3

Ⅰ.①少⋯　Ⅱ.①图⋯②朱⋯　Ⅲ.①短篇小说-吉尔
吉斯-现代　Ⅳ.①I364.45

中国国家版本馆 CIP 数据核字(2023)第 084371 号

选题策划	马　达　孙晓璟
责任编辑	孙晓璟
书籍设计	张　萌
责任校对	赵红宙
特邀统筹	李亚楠

出版发行	河南文艺出版社	印　张	3.25
社　址	郑州市郑东新区祥盛街 27 号 C 座 5 楼	字　数	34 000
承印单位	郑州印之星印务有限公司	版　次	2024 年 2 月第 1 版
经销单位	新华书店	印　次	2024 年 2 月第 1 次印刷
开　本	890 毫米 × 1240 毫米　1/32	定　价	46.80 元

印厂地址　郑州市高新区冬青西街 101 号

邮政编码　450000　　电话　0371-63330696

作者简介

　　图鲁斯别克·马德尔拜，吉尔吉斯斯坦作家协会成员，欧亚作家协会成员，"圣殿骑士诗歌"英语诗社成员。1994年毕业于俄罗斯国立罗斯托夫大学，曾任俄罗斯外交部外交官。小说《凤凰》获得了国际文学"俄罗斯奖"，小说《少年拜尔迪的苦难》获得圣彼得堡国际图书奖，作品被译为多个语种在多个国家出版，被认为是自钦吉斯·艾特玛托夫时代以后第一位获得国际认可的吉尔吉斯作家。

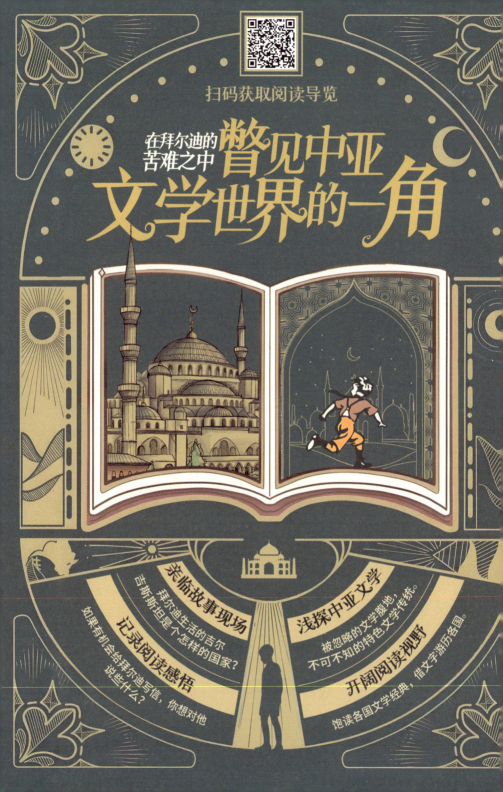

扫码获取阅读导览

在拜尔迪的
苦难之中

瞥见中亚
文学世界的一角

亲临故事现场
拜尔迪生活的吉尔
吉斯斯坦是个怎样的国家？

记录阅读感悟
如果有机会给拜尔迪写信，你想对他
说些什么？

浅探中亚文学
被忽略的文学腹地，
不可不知的特色文学传统。

开阔阅读视野
饱读各国文学经典，借文字游历各国。

目
录

一

『侦察兵的功勋』

·

拜尔迪一向不喜欢铃声,不管是上课铃还是下课铃。上课时,拜尔迪多数时间是聚精会神地看着黑板上的题目。有时候,他也会望着窗外湛蓝的天空出神。课间休息时,拜尔迪喜欢和同学们一起追逐嬉戏。电铃——这个叫人无比讨厌的金属玩意儿,它的身后总是有密密麻麻的电线,从墙壁某个神秘的地方钻出来。每当铃声突然响起,拜尔迪都会惊得全身战栗。他杵在原地,捂紧耳朵,痛苦地低下头。电铃每一次响起都仿佛在提醒他:距离放学回家的时间越来越近了。家里等待着他的是母亲因烂醉而浮肿的双眼,是继父那随时能把桌子砸得粉碎的拳头。

回家的路上,拜尔迪瘦弱的肩头压着无形

的重担。他总是想逃得远远的,逃到一个没有继父,甚至没有母亲的地方。他不止一次尝试逃跑。可是,村里的大人们就像串通好了一样,总能一次又一次地逮住他,把他扭送回家。接下来,迎接他的肯定是继父愈发猛烈的怒火和凶狠的咒骂——他愤怒的拳头结结实实地砸在拜尔迪的肚子上、脸上,他怒斥着拜尔迪的逃跑,嘴里满是脏话:

"好啊你,翅膀硬了,想跑了是吗?不想要你爹妈了?打的就是你,小混蛋,活该!跑啊你,怎么不跑了?真他妈叫人恶心……"他咆哮着,满屋追打拜尔迪,"怎么不叫救命了?你这个狗日的混蛋,有本事把邻居们都喊来吧!"

每每这个时候,拜尔迪总是一声不吭,也不

向邻居们求救。因为他知道,等邻居们都走了以后,继父会更加怒不可遏,他骂得会更厉害,打得会更狠,直到拜尔迪晕倒在地为止。

继父动粗的时候,拜尔迪最好的选择就是默默忍受,小心翼翼地躲闪。通常等他打累了,就会喘着粗气去隔壁房间和母亲接着酗酒。

可是,继父这一次却格外亢奋,不肯停手。

拜尔迪的承受到了极限,他强撑着满是血迹和瘀青的身体,拼命冲向大门,跑到外面,逃走了。他跑了很久很久,跑到身体虚脱,几乎感觉不到自己的存在,不知道该去哪里,也不知道为何要跑。不过这都无所谓了,只要能离开家,去哪儿都行。然而,一股深深的恐惧迅速攫住了拜尔迪。他突然想起:明天自己又会被送回那个家,噩梦般的一切又会重复上演,就像过去整整四年一样。

紧接着,身后的楼梯间传来了继父的大声咒骂:"看我不宰了你!你这个混蛋!狗娘养的!"

骂声越来越近了。拜尔迪发疯似的跑了起来,此刻他的心中只有一个念头:千万不能被这魔鬼追上!

拜尔迪跌跌撞撞地跑了很久,直到强烈的倦意让他的两条腿像灌了铅一样,无法动弹。他急促地喘着粗气,直到此时才意识到已经和继父远远地拉开了距离。拜尔迪不禁想道:如果自己是运动员,那该多好!赛场上的运动员总是跑得飞快,继父绝对追不上。拜尔迪拖着沉重的双腿，久久地整理着自己的思绪。然而，此时的他饥肠辘辘，胸口也在隐隐作痛，因此无法一下子想出下一步的行动计划。接下来应该做什么呢？是先去找个落脚处休息一下，还是赶紧找点儿吃的东西垫垫肚子？他一边走着，一边思考着自己此刻最迫切的需求：面包还是温暖？这是一个问题。要知道，这一抉择将对拜尔迪至关重要，无论选了哪个，他都需要花很长的时间去想怎么才能办到。难道要他挨家挨户去乞讨吗？不不不，绝对不会有人施舍给他的，所有人都会下意识地认为：现在哪还有人缺衣少食呢？大家似乎已经不习惯看到有人伸手乞讨了。如果拜尔迪去乞讨，他一定会被毫不留情地驱赶，也许还会碰到更糟糕的情况——

比如被跟踪。如果是这样,接下来在任何一间侧屋或者阁楼过夜的计划就行不通了。或许,他可以先悄无声息地溜进一个小棚子里,舒舒服服地睡上一觉,不过,讨点什么垫垫肚子就别想了。

　　无论处境多么艰难,拜尔迪也不愿意偷东西,这不是因为他害怕被逮到,而是他瞧不起小偷。更何况,他已经尝过被人冤枉的滋味了——大概在五年级,班里有个女孩儿的钱丢了,不知道为什么,所有人都怀疑是他偷的。他一直和班主任解释,可是班主任根本就不想听他说话。当时教室里只有两个人——拜尔迪和阿勒木库勒姆的儿子。班主任轻易地就排除了后者的嫌疑,理由是他来自一个知识分子家庭。

拜尔迪知道这些钱也许就是阿勒木库勒姆的儿子偷的，因为自己亲眼看见他从那个女同学的书包里拿走了什么东西，但拜尔迪不想做一个叛徒，对这事一直守口如瓶。

于是，在很长一段时间里，拜尔迪一直被当成小偷，很多人甚至当面这样叫他，但他依旧保持沉默。

有一天，拜尔迪被拉希姆·巴基洛维奇叫了过去——这个人，几乎所有的男孩儿都怕他，因为他不光是一位老师，还是警察。

拜尔迪惴惴不安地跟着拉希姆·巴基洛维奇走进了一间空教室，他担心自己马上就要因为"偷窃"而受到责罚。

"坐到这里吧。"拉希姆·巴基洛维奇指着

教师办公桌旁边的一张课桌说。

拜尔迪乖乖地坐了下来。

"拜尔迪,有这么一件事,"拉希姆·巴基洛维奇温和地开了个头,"嗯……同学们都说你偷钱了……"

"不是我偷的。"拜尔迪立即嘟囔着回了一句。

"我也是这样想的,那么到底是谁呢?要知道当时教室里只有两个人——你和阿勒木库勒姆的儿子,对吧?"

"对的。"拜尔迪低着头,但他不再小声地嘟囔,而是十分肯定。

"噢……也就是说,如果不是你偷的,那就肯定是他偷的。"

"我不知道……"

"听着,孩子,"拉希姆·巴基洛维奇依旧和颜悦色,"要是一直这样逃避,谁都没办法证明你的清白。"

"我不知道,"拜尔迪还是坚持自己的说法,"反正我没偷。"

"既然不是你,那就一定是他了,对吗?"

"不知道……"

沉默了一小会儿,拉希姆·巴基洛维奇又开口说道:"也许,你只是觉得不能出卖同志……不过,这哪里算得上出卖? 的确,人不能出卖自己的朋友,但是你看看自己落得什么下场! 大家冤枉你,像防贼一样防着你,而你这位朋友却还逍遥自在。要我说,他可瞧不上你,压根儿没把你当朋友，没准儿现在还在嘲笑你。你觉得呢？"

"那就让他笑吧！"拜尔迪嗫嚅着说。

"让他笑？难道你就一丁点儿不在乎吗？他这样对你，算什么朋友？"

"他不是我的朋友！"拜尔迪气恼地说。

"没错，他可不是你的朋友。那你为什么还要替他打掩护呢？"

"我没掩护他……我就是什么也不知道。"

"行了，差不多得了，别胡闹了！"拉希姆·巴基洛维奇有些生气了，"你给我听好了，揭发小偷不是背叛同志！现在不是在打仗，没有背叛同志这一说。我也不是法西斯，你不用对我保持沉默。其实你这种人一旦遭到严刑逼供，就会立刻出卖自己的同伴——如果你面对的不是我,而是盖世太保,你要是敢像现在这样什么都不说,他们就会把你的两条胳膊卸下来,到时候你就全都招了! 而你的那位朋友肯定会把有关你的一切全盘托出,因为你们是可耻的小偷,从来就不是手脚干净的人!"

"我不是小偷!"拜尔迪的喊声响彻了整个教室,连他自己都被吓了一跳,不禁哭了起来。

"不,你就是小偷! 你偷了同班同学的钱!"拉希姆·巴基洛维奇猛地站了起来,朝拜尔迪喊道。

"不,不是这样的,"拜尔迪抽泣着,"我没偷……不是我偷的……"

"那到底是谁? 是谁偷了钱? 是阿勒木库

勒姆的儿子吗?"

"是的,是他,就是他!"拜尔迪声嘶力竭地喊出这句话,然后号啕大哭起来。

拉希姆·巴基洛维奇挨着拜尔迪坐了下来,摸了摸他的头。

"好啦,别哭啦。"他柔声安慰着拜尔迪,"今天我们交谈的内容,天知地知,你知我知。唯一的变化就是:往后你再也不会被人叫小偷啦!"

拉希姆·巴基洛维奇没有骗他,过了一段时间,再也没有人提他是小偷了。

* * *

拜尔迪像孤魂野鬼似的在外面游荡,不知道该去哪里——他当然可以溜到邻居家的小阁楼,那是拜尔迪躲避继父常去的一个据点,然而,那里只有等到夜深人静的时候才能潜入。

后来,他突然想到离这儿不远有一栋房子,这户人家每逢早春时节都会去养蜂场。此时夜已经黑得伸手不见五指,拜尔迪大步朝着这栋房子走去。突然,有人叫了他的名字。拜尔迪吃惊地看向声音传来的方向,努力辨别对方的样子。

说话的是一个年轻的小伙子,待他走到跟前,拜尔迪才认出是十年级的努尔兰。

"你小子在这儿做什么呢?"努尔兰漫不经

心地摆了摆手,算是和拜尔迪打了招呼。

"没什么。"拜尔迪突然想到,曾经有一个穿着制服的真正的警察来找过努尔兰。

他开始感到不自在了。

"想不想来两口?"

"啊?"

"我是说,要不要一起喝点儿酒?"努尔兰看向自己来的方向,朝拜尔迪眨了眨眼。

"不了,"拜尔迪的声音有些颤抖,"我不会喝酒。"

"来吧,喝点儿!"努尔兰走上前去拉拜尔迪,"别担心,不会向你要钱……我们有。"

"那我也不想去。"拜尔迪站住不动。

"咋回事,小老弟,胆子挺小呀——哎呀,都

说了是我们请客。"努尔兰又去拉拜尔迪,"走吧
走吧,还有下酒菜呢!"

一听到有下酒菜,拜尔迪忍不住咽了咽口
水。

"瞧见了吧,你也该吃点儿东西喽!"努尔兰
紧紧拉住拜尔迪的胳膊。

"要不,还是去吧,"拜尔迪心里思忖,"去
吃点儿东西,不碰酒。"

到了那边,拜尔迪发现一共有四个孩子,都
是十年级的。除此之外,还坐着一个陌生的男
人。

拜尔迪和大家打了声招呼。

"喏,喝吧!"一个孩子递给他一杯酒。

"不了,我不喝酒。"拜尔迪往后躲了躲。

"你小子,怕什么呀?"努尔兰接过酒杯,顺手塞给了拜尔迪,"给你,拿着！我们只是随便喝点儿,找找乐子罢了……"

"好啦,别为难他了。"陌生男人递给拜尔迪一个三明治,温和地说道。

拜尔迪感激地看了看他,又拿起了一片面包和奶酪。这个陌生男人似乎是个跛子,他挂着拐杖,有一条腿无力地耷拉着。他向自己旁边的空位指了指,示意拜尔迪坐过来。等到拜尔迪坐下后,他搂着拜尔迪的肩膀轻声说:"来,咱们互相认识一下。我叫阿桑,你就叫我阿桑叔叔吧。"

同时,他还伸出了粗糙的手掌。

拜尔迪伸手回握了一下,说:"我叫拜尔

迪。"

"呵呵,你八成是把我当成酒鬼了吧?"阿桑叔叔开口问道。

"没有没有……"拜尔迪想要辩解,但对方很快打断了他。

"等等……你应该是共青团员吧?"

"不,我没被选上。"一提起这个,拜尔迪就有些羞愧。

"真差劲儿,"阿桑叔叔责备道,"怎么回事,你的学习成绩很差吗?"

"能得三分……"虽然是漆黑的夜里,拜尔迪还是能感到自己羞得满脸通红,"但不是因为这个……没选上是因为我行为不端。"

"行为不端? 你做了什么违反校规的事

了?"

拜尔迪沉默了。

"你应该努力学习,好好表现,"阿桑叔叔接着说道,"我以老侦察兵的身份告诉你——要是在战场上,我肯定不会带你去侦察。"

"啊,您居然是……侦察兵?"拜尔迪大吃一惊,毫不掩饰自己的钦佩之情。

"当然——让我重新做个自我介绍吧。"阿桑叔叔的语气变得自豪起来,他解开棉袄的扣子,借着路灯的光,能看见里面挂满了奖章、勋章,一枚枚闪闪发亮。

"现在,你还认为我只是个老酒鬼吗?"

听到这话,拜尔迪一时不知怎么回答,他满头大汗,整个人像从水里捞上来似的。

"呵呵,开个玩笑嘛!"阿桑叔叔拍了拍拜尔迪的肩膀,"你当然不会那样想,不要介意我的玩笑话!"

"他六次潜入敌人后方,"努尔兰嚼着面包,含混不清地说,"逮住了三条'舌头'①!"

拜尔迪钦佩地望着阿桑叔叔,在他的想象中,似乎每一个侦察兵都是什季尔利茨②一样的大人物,而这是他第一次亲眼见到。

"你大概以为,这些都是坏孩子吧?"阿桑叔

① 指俘虏。

② 指马克思·什季尔利茨,是苏联第一部间谍剧《春天的十七个瞬间》(1973)中的主要人物,该剧改编自苏联作家尤利安·谢苗诺夫的同名长篇小说。什季尔利茨是俄罗斯文化中最著名的侦察兵形象,其地位堪比西方文化中的詹姆斯·邦德。

叔抽了口烟,接着说道,"他们可不是普通的孩子,而是侠肝义胆的英雄,总是对我这个老兵伸出援手。至于他们有时候喜欢喝点儿酒……就像我的侦察兵兄弟们说的那样,喝酒纯粹是为了暖暖身子。要知道,即便是在战场上,士兵也都会喝上一小杯——差不多一百克吧……喝酒不是目的,重要的是能让人敞开心扉,使人变得更加勇敢、善良,更加善解人意……被人理解的感觉非常好,我说得不错吧?"

四个十年级的孩子赞同地点点头,接着,拜尔迪也点了点头。

"来,拿着,"阿桑叔叔把酒杯递给了拜尔迪,"为了那些仍坚守战场,护佑你们的战士,为了那些没有抛弃我、一直帮助我们的小伙子们,干杯!"

拜尔迪接过了酒杯,但迟迟没有勇气吞下去,他觉得这个散发着苦味儿的饮料一喝下去就会丧失理智。

十年级的孩子们在一旁为他加油打气。

"别害怕!眼睛一闭,一口闷了……只要别闻味儿。"

拜尔迪闭上眼睛,飞快地把杯里的液体倒进嘴里。他咽下了一些,还有一些流到了下巴上,弄脏了整个衣领。

这是伏特加酒,拜尔迪被呛得咳出了眼泪,差点儿呕出来。

"好样的!给你吃的!"孩子们开心地叫喊着,纷纷把面包和奶酪塞给他。

拜尔迪不知道该怎么吃东西,甚至都不敢张嘴。他感到自己的整张嘴火辣辣的,仿佛被烧焦了一样。等到回过神来,他开始狼吞虎咽地吃着涂了奶酪的面包,想赶快用食物的味道盖住伏特加酒的苦味。

"看来,他根本不是个胆小鬼。"阿桑叔叔夸奖了拜尔迪,"现在,孩子们,我可以告诉你们……他有资格和我一起去侦察了。"

之后,阿桑叔叔唱起了歌:

漆黑的夜晚静悄悄……

子弹在草原上呼啸,

风儿在电缆间穿行,

残星寥落几番飘摇……

拜尔迪一直没有说话,他坐在阿桑叔叔旁边,安静地啃着三明治。一股懒洋洋的暖意笼罩着拜尔迪,他的意识逐渐模糊了,困得眼睛都要睁不开了,可是四个十年级的孩子还在吵吵闹闹地喝着伏特加,学着老手的样子给自己倒酒。他们来给拜尔迪倒酒的时候,拜尔迪用颤抖的双手接过杯子,勉强抿了一小口,就再也喝不下去了。

＊　＊　＊

直到第二天清晨,拜尔迪才头昏脑涨地醒过来,他发现自己待在一个陌生的房间,躺在一张陌生的床上。尽管这样,他也没有马上起来,而是久久地打量着四周。屋子里无比安静,这让拜尔迪感到很不适应,他突然担心起来:万一这家的主人回来了,当场逮住我,指责我,打我,还要把我扭送到警察局去……那该怎么办呀?

这时,大门"吱"地响了一声,紧接着,从走廊里传来了脚步声。拜尔迪哧溜躲进了一个角落,尽量把身体缩成一团。

还是被发现了,一个跛腿男人一瘸一拐地走了进来,微笑着朝拜尔迪眨了眨眼。

"你还好吗,我的朋友?"跛腿男人嘶哑地打招呼。这个时候的房间里还很昏暗,因为过分安静,这声音便在屋里回荡,有点刺耳。

拜尔迪没有吭声。

跛腿男人开始清理桌子上发霉的剩面包、洋葱皮和脏兮兮的空罐头盒。

"请坐吧,我的朋友,我们来吃午饭。"跛腿男人好像是自言自语,他甚至都没朝拜尔迪所在的那个角落瞧上一眼,"我敢打赌,你现在一定头疼得要死吧?"

拜尔迪不得不站了起来,他尴尬地理了理衣服——直到现在,他才意识到自己昨晚没脱衣服就睡着了。跛腿男人从包里掏出一个大面包、一盒罐头,还有几小块方糖。这会儿,拜尔迪清醒了一点,他猜想自己肯定和这个跛腿男

人见过——也许就在昨天晚上。他绞尽脑汁地
回想跛腿男人的名字,回忆昨天夜里发生的
事……,可是,他的脑海中现在一片混乱:离家
出走、遇到十年级的几个孩子、面前的跛腿男
人、伏特加的苦味儿,还有和现在桌子上一样的
食物——除了面包、罐头、方糖,还有一点儿奶
酪……

"你已经迟到了,"跛腿男人打断了拜尔迪
的思绪,"快点吃,吃完跑着去学校——无论如
何都不能逃学。"

拜尔迪羞愧地在桌旁坐了下来,看跛腿男
人切好面包,又准备开罐头。

"请让我来开吧!"拜尔迪伸手去拿开罐头
的小刀。

"没事,没关系的,我自己来……你快点吃,抓紧时间。"

跛腿男人打开了一盒罐头推给拜尔迪,又从包里掏出一瓶葡萄酒。

"宿醉之后就该喝点儿葡萄酒缓缓。"他一边说着,一边把葡萄酒放在了桌子正中间。

拜尔迪现在看到酒就忍不住打哆嗦,他又想起了昨晚喝了酒以后的种种恶心、难受和呕吐的经历。

他转过身去,不想看。

"怎么,喝不惯吗?"跛腿男人笑了笑,给自己倒了满满一杯,然后,一口喝了个精光。

"别怕,你要是不喜欢,没人强迫你喝……哎,行了,走吧,小混球。"

"那四个十年级的孩子去哪里了?"拜尔迪想起了昨天晚上的事,便问道。

"他们昨晚就回家了。"跛腿男人平静地说着,他狼吞虎咽地就着洋葱嚼起面包来,"你要是吃饱了,就赶紧去学校。等你什么时候想来了,就过来看看我……我们可以坐一会儿,聊聊天,不然我一个人在这儿非得发疯不可。"

听完这番话,拜尔迪老老实实地站了起来,轻声说:"我上学去了。"

"快去吧!"跛腿男人费力地站了起来,把拜尔迪送到院门口,"我这里养了一条狗,你别怕,它不咬人。"

拜尔迪和跛腿男人道了别,然后朝着学校的方向走去。这会儿,他已经迟到了整整两节

课,如果真的到了学校,班主任肯定会把他骂得
狗血淋头。与其这样,还不如干脆别露面。回
家?他不想。到底该去哪里呢?拜尔迪放慢了
脚步,漫无目的地闲逛了一会儿后,他改道去了
公园。

拜尔迪坐在公园的长椅上发了一会儿呆,
他决定再溜达一会儿,但后来不知不觉又走回
了跛腿男人的家……该怎么称呼他呢?见鬼
了,为什么一点儿也想不起来?难道是伏特加
让我失忆了?拜尔迪努力地回想着跛腿男人的
名字——要是一直不知道怎么称呼,说话的时
候该多不方便呀!他在脑子里把自己知道的名
字都过了一遍,最后终于脱口而出:"阿桑!是
阿桑叔叔!"

拜尔迪雀跃不已。

看到拜尔迪这么快就回来了,阿桑叔叔严厉地问道:

"你去学校了吗?"

"没有。"拜尔迪老老实实地回答。

"这样的话,我就必须亲自负责你的教育了。"阿桑叔叔的语气缓和了一些,他拍了拍拜尔迪的肩膀,"这样吧,我们从明天开始,现在你去休息吧。"

拜尔迪走进昨晚睡觉的房间,打开了电视机——有一次继父和妈妈吵架之后,把家里的电视机卖掉了,自那以后,他一直没有看过电视。

眼前的电视里正放着一个关于建筑工人的

节目,里面还有莫斯科的城市风貌。"要是能去莫斯科该多好!"拜尔迪默默地想,突然变得忧郁起来。他想起了自己对大人们的怨恨——无论继父还是母亲,都不让他平静地生活,也不同意他出去打工赚钱。至于那些邻居和警察……他们不帮助他,反倒助纣为虐。每次他离家出走,打算找个工作安顿下来时,邻居或警察总会强行把他送回家……

床是靠着一面墙放的,拜尔迪躺了下来,紧贴着墙,他想着自己的心事,沉沉地进入了梦乡。

直到夜幕再次降临,阿桑叔叔才叫醒了他。

"该吃晚饭了,"阿桑叔叔切着面包,问,"你怎么不关电视机呢?它的脸都累得惨白。"

阿桑叔叔可能对自己的玩笑话感到很满意，给自己倒了一满杯葡萄酒，然后一仰脖子全都倒进肚里。

真舒服呀！

"你想不想喝?"阿桑叔叔问，同时摆出一副"假如你说想喝，我马上给你倒"的架势。

"不不，我不喝。"记忆中伏特加的苦味儿又从嗓子眼涌了上来，拜尔迪不禁皱起了眉头。

"那就吃点儿东西吧！你从早上到现在可是粒米未进。"阿桑叔叔把一盘奶酪推向拜尔迪，"我们一会儿要去一个地方——你愿意帮助一位前侦察兵吗?"

阿桑叔叔严肃地看着拜尔迪，仿佛这是给他的考验。过了一会儿，他才说:"我需要执行一项任务,现在需要你的帮助。"

直到现在,拜尔迪觉得自己还没完全从睡梦中清醒过来,他没有回答,只是默默地啃着面包。

阿桑叔叔又喝下满满一杯葡萄酒,咬了一小口奶酪,这才撑着椅子站了起来。

"走吧,出发了,"他穿起外套,"等回来以后再慢慢享用。"

拜尔迪只好跟着站了起来,他舒服地伸了个懒腰,慢腾腾地跟在阿桑叔叔的身后。

外面漆黑一片。

这里的光线比较暗淡,只有学校和几家商店里灯光明亮,让人们得以借来几束淡淡的微光。

阿桑叔叔和拜尔迪经过了学校，又绕过了一条街。黑夜中，他们都一言不发，只有阿桑叔叔的咳嗽声偶尔响起。

当他们走进一条昏暗的街道时，阿桑叔叔好几次踩到了小水坑，他低声咒骂着，用各种狠毒的话语来诅咒世间万物。

又走了一会儿后，阿桑叔叔点了一根烟，慢慢地停下了脚步。他转身抓住拜尔迪的手臂，气喘吁吁地说："哎，孩子，接下来你必须自己走了。你瞧，我已经走不动啦……你先穿过街角，然后去找从街角开始数的第三栋房子，孔德拉特叔叔就住在那里，他会给你一样东西，你拿到之后再回到这里来，记住了吗？如果孔德拉特叔叔问，就说是我让你来的——你没忘记我的名字吧?"

"才没有呢。"拜尔迪气恼地嘟囔着。

"千万别搞错了,是街角第三家。"

"我不会弄错的。"拜尔迪很不开心,感觉自己成了一个没用的人,办这么一点事也要被反复叮咛。

"那就去吧!"阿桑叔叔轻轻松开了拜尔迪的手臂。

拜尔迪不情愿地朝着阿桑叔叔指的方向挪去,其实他现在哪里也不想去,但自己欠这位前侦察兵人情——人家毕竟收留了自己,给自己东西吃,还给自己酒喝……

这些,都得还。

虽然走得很慢,拜尔迪也有好几次踩到了

水坑,他也觉得这条街上布满了水坑和泥泞,为此他感到更生气了。

　　第三栋房的院子要比街面上亮一些。房子侧窗透出的灯光将大门前的空地照亮了几分,可以看到那里堆满了为过冬取暖准备的板皮和碎木头。透出来的灯光使夜色中的人字形屋顶棱角分明,以致整栋房子宛如史前巨型动物留下的骨架,就连房子周围的建筑也都阴森可怕。

　　拜尔迪感到有些不安,他站在门口,不知道应不应该进去。

　　面前的大门紧闭,门缝几乎透不出一丝光线,只是隐约传来沙沙的声音,像是有人在交谈。

　　拜尔迪在门口站了一会儿,最终鼓起勇气

敲了敲门。屋里没有人应答，但沙沙声却突然消失了。

"谁在外面?"有一个沙哑的嗓音突然响起。

"是阿桑叔叔让我来的。"拜尔迪轻声回答。

门闩响了一下，接着门开了一点点，露出一个胡子拉碴、两眼红肿，似乎也没有洗澡的男人。

"进来。"男人把门完全打开，命令道。

拜尔迪被这不同寻常的邀请吓坏了，他走了进来，瞅一瞅，咦，屋里还有几名警察，其中一个正往一张纸上写着什么。

在写字的警察旁边，站着一个耷拉着脑袋，同样是胡子拉碴的胖男人。

凭直觉，拜尔迪认为他才是孔德拉特叔叔。

"孔德拉特叔叔,是阿桑叔叔让我来找您的。"拜尔迪直直地盯着胖男人说。

对方没有说话,只是眨了眨眼睛。

"阿桑是谁？他派你来干什么?"站在胖男人身后的一个警察开口问道。

"我也不知道,"拜尔迪怯生生地回答,"他说孔德拉特叔叔自己知道……"

"那他人在哪里——他叫阿桑?"坐在桌旁记着什么的那个警察这会儿问道。

"他就在那里……在那条街上等着呢,"拜尔迪伸出手指了指阿桑叔叔所在的方向,"他走不动路了。"

胡子拉碴的胖男人眼睛里突然涌出了怒火,他狠狠地咒骂了一句。

"闭嘴!"桌旁的警察呵斥着,露出了戒备的神情,接着,他又转向拜尔迪,温和地问道,"也就是说,阿桑叔叔正在街上等你? 把他叫到这里来吧——不,还是派人去一趟,把他带过来。"

他向负责搜查屋子的两个警察点了点头,对方没有说话,点头答应后就离开了房子。直到现在拜尔迪才意识到,自己被牵扯进了一桩见不得光的事里。

过了一阵子,两个负责搜查屋子的警察回来了。看来他们没能逮到阿桑。

"没抓住,这兔崽子,溜得倒挺快。"两名警察中的一个向坐在桌旁的警察汇报情况——他大抵是这群警察的长官。

"唉,那就没辙了。"桌旁的"长官"无奈地叹了口气。他站起身来，上下打量着拜尔迪：
"只能把这小家伙先带回警察局了……"

拜尔迪有些不知所措，但他已经猜到，自己
卷入了一起犯罪活动。一路上，他三番五次求
"长官"放了他，可到了警察局后拜尔迪才明白：
押送他来的"长官"在这里只算得上小角色——
在他上面还有更大的官儿哩！不过，就算他不
是什么大官儿，自己也逃不出他的魔掌了……

二

『海水蔚蓝清澈……』

这天,拜尔迪就读的学校正是上课时间,此时的教员休息室里只有两位老师——玛丽亚·谢尔盖耶夫娜和拉希姆·巴基洛维奇。拉希姆·巴基洛维奇正在办公桌前低头做着笔记,玛丽亚·谢尔盖耶夫娜则看着窗外的天空出了神。

"天空湛蓝如洗……海水蔚蓝清澈。"

玛丽亚·谢尔盖耶夫娜喃喃低语着,仿佛在向爱人诉说最温柔甜蜜的情话。

她忍不住在心里暗暗比较托克托古尔和自己的家乡达戈梅斯的天空。达戈梅斯是她出生的地方,也是她的庇护之所,直到战争真正降临……那一天,她和其他家在战区的孩子一样,被送到了托克托古尔这个安全的地区。

　　当然，其实根本没有必要比较。托克托古尔和达戈梅斯的气候一样温暖，天空和达戈梅斯一样湛蓝而高远。只是，幸福快乐的童年时光一去不复返——达戈梅斯的天空总是那么耀眼，但又遥不可及，正如她最眷恋的索契一样。

　　想到这里，玛丽亚·谢尔盖耶夫娜突然回过神来，她转过身去，和一旁的拉希姆·巴基洛维奇聊起了自己的往事，向他讲述那些发生在黑海边的，有关童年和家乡的故事。

　　"那里的天空湛蓝如洗，海水蔚蓝清澈。"她的声音平静，如陷入回忆一般。

　　起初，拉希姆甚至没搞清楚玛丽亚·谢尔盖耶夫娜在和谁讲话，她看起来更像是在自言自语。直到玛丽亚·谢尔盖耶夫娜叫了他的名

字,拉希姆这才确信——对方的确是在对他说
话。玛丽亚·谢尔盖耶夫娜是拉希姆最欣赏的
一位女教师。她似乎在自己美好心灵的深处,
久久地珍藏着一段宝贵的回忆,这使她的讲述
听起来无比真挚动人。拉希姆逐渐听入了迷,
他把手头的笔记本放在一旁,全神贯注地听了
起来。

　　"你知道吗,拉希姆,我的父亲曾经是一位
远洋舰长。"玛丽亚·谢尔盖耶夫娜继续讲述
着。她的吉尔吉斯语说得温柔动听,仿佛潺潺
的清泉一样,在拉希姆的心间流淌。"战争爆发
以前我住在达戈梅斯——索契下面的一个地
方。每天我都会跑去海边玩耍,有时候我会专
门去迎接返航的船只,因为我知道,其中有一艘

船一定是爸爸开的。有时,我喜欢一个人坐在高高的山顶远眺——美丽的黑海风光尽收眼底。当然啦,我们达戈梅斯的山没有这里的山那么高。对了,你以前去过海边吗?"

"没有,没能去成。"拉希姆抱歉地笑了笑。他和妻子迈拉姆原本计划去伊塞克湖畔的吉尔吉斯海岸旅游,可是后来,他们分开了。

"你可以想象一下,视线所及是一望无际的海水,一直延伸到最遥远的地平线。有时你甚至很难区分海水和天空的界限,只能在海天相吻处隐约看到一条纤细、明亮的光带……"

"真希望能亲眼去看看啊!"拉希姆的心里满怀憧憬。

玛丽亚·谢尔盖耶夫娜的讲述还在继续:

　　"有一天,父亲回来得比往常更早,和他一起的还有另外几个人。他们匆匆忙忙地整理好行装,仓促地和我们道别。离别的时候,我看到妈妈哭了。于是我心想,一定是出了什么大事。我飞快地跑向常去的那座山,一口气飞奔到山顶。我看到父亲和同事们正开着快艇,父亲始终望着我所在的方向。我忍不住用双手在嘴边拢成喇叭的形状,大声呼喊他,仿佛他能听见一样:'爸爸! 我和妈妈等着你回来!'当然,他根本就不可能听到——船已经开出去很远了。我意识到发生了非常可怕的事情,忍不住哭了起来。当时的我还不明白——战争已经爆发。的确,我们最近听说德国人向达戈梅斯发起了进攻,但那时的我总以为战争离我们的生活很远。

可现实就是无比残酷,让人猝不及防……眼看着德国人马上就要打到新罗西斯克,我们也被强制驱逐出了村庄。直到那时,我才看清了战争的真面目……"

玛丽亚·谢尔盖耶夫娜突然沉默了。她沉思了良久,才用颤抖的声音继续讲了下去:

"我记得,所有人都被安置在了轮船上,船只一艘接着一艘驶向公海。不知怎么了,公海的方向突然响起了炮击声。我感到一股莫大的恐惧涌上心头……不是因为担心自己的安危——小孩子哪里明白什么是死亡!我是为父亲感到担忧:要是家里没有人等他回来,那该怎么办啊!我知道,父亲就在那里,他身骑白马,驰骋于炮弹和沉船之间……是的,不知道为什么,在我的想象中父亲就是骑着白马的,或许是因为我只在电影里看过战争的场面? 我知道,有一艘"夏伯阳"号巡洋舰。年幼的我恍惚以为,眼前的战争就是电影里的战争,而我的父亲则是一位大名鼎鼎的指挥官,他像夏伯阳一样,手持马刀,策马冲锋……

"而那天的实际情况却是相当混乱的。船上一片嘈杂,满是叫喊声和哭声,人们像无头苍蝇一样跑来跑去,到处都拥挤不堪……我正是抓住了这个机会,悄悄溜下了船,跑去了山上。我可真蠢啊,把妈妈完全忘在了脑后——她当时还在努力地往上一层甲板搬我们的行李。

"在山顶眺望远处的船只时,我的脑海中只有一个想法:一定要在这里等到父亲回来。我会第一个看到那条载着父亲的快艇,远远地向他挥手。父亲也一定会看到我,挥手向我回应。然后我会冲到父亲的面前,给他一个大大的拥抱。他的胸前一定挂着好多好多的勋章……

　　"与此同时,一艘艘满载难民的轮船正朝着公海的方向驶去。我目送着船只渐行渐远,不禁想着:这些人现在要去哪里呢? 他们会在什么地方生活? 谁又愿意收留他们? 突然,最恐怖的事情发生了,让所有人猝不及防——不知道从哪儿冒出了几架飞机,开始轰炸下方的船只。飞机神出鬼没,一次次驶向可怜的小船,投下一枚枚炮弹。海面掀起了滔天巨浪,渺小的船只眼看着就要被海水张开的血盆大口吞没……我疯狂地尖叫起来,仿佛这叫声能让甲板上的人们活下来。然而,飞机还是不停地轰炸,船只在汹涌的波涛中无力地挣扎着,我不停地哭喊、号叫,可是什么也改变不了。最后,我眼睁睁地看着船只开始缓缓下沉,直到船尾高高地指向了天空。它带走了所有人,带着他们的生命、希望和梦想,渐渐地沉没了……"

下课铃响了,玛丽亚·谢尔盖耶夫娜再度沉默起来。刚上完课的老师们三三两两地回到了教员休息室,房间里很快就变得像集市一样热闹起来。拉希姆·巴基洛维奇戏称教员休息室为集市,把俗语"家中有孩子,房间变集市;孩子不来住,寂静如坟墓"改成了"校长不来休息室,房间变集市;校长在里踱着步,寂静如坟墓"。只要校长哈丽曼·努尔马托夫娜一走进教员休息室,老师们便一哄而散,顷刻间就逃回了各个班级,将她一人留在这死寂的王国里。

　　老师们总是拼命逃离每一个有哈丽曼·努尔马托夫娜在的地方,而后者却对此感到十分满意。因为在她看来,这是尊敬的表现。实际上,大家只是不想听她无休止地挑剔别人,或是尖酸刻薄地评价别人。甚至在路上遇到某位老师时,哈丽曼·努尔马托夫娜也不会只是简单地打个招呼,她必须和对方说一些自认为必要的、友善的话。要知道,幽默和敏锐可是哈丽曼·努尔马托夫娜引以为傲的优点。只是,每当她的"敏锐"和"幽默"相结合时,总会以一种极其可怕的方式呈现出来,因此,除非哈丽曼·努尔马托夫娜有公事需要下达指令,否则老师们都尽量不和她碰面。

现在正是这种情况。当哈丽曼·努尔马托夫娜走进教员休息室时,老师们如往常一样,都躲去走廊了。屋里只剩下了拉希姆·巴基洛维奇和玛丽亚·谢尔盖耶夫娜。玛丽亚·谢尔盖耶夫娜上午是没有课的,她来学校只是为了批改练习册。当然了,她还可以和同事们闲聊几句,联络联络感情,如果有谁需要帮助,她也能搭把手。

拉希姆原本想听完玛丽亚·谢尔盖耶夫娜的故事,但现在看来,显然是不可能了。

"拉希姆·巴基洛维奇,您是没有课吗?"哈丽曼·努尔马托夫娜不满地皱着眉头。

拉希姆没有回答,而是默默地收拾东西,准

备离开休息室去上课。他抱歉地看了一眼玛丽亚·谢尔盖耶夫娜，对方也报以理解的微笑。

"顺便一提，拉希姆·巴基洛维奇，您这节课该上'课堂一小时'了，对吧?"哈丽曼·努尔马托夫娜看着课程表说道。

"是的。"拉希姆预感到哈丽曼·努尔马托夫娜马上就会提出要到他的班级听课。

她要是去了，这节课就全毁了。拉希姆自己倒是无所谓，只不过一旦哈丽曼·努尔马托夫娜校长在场，学生们就会感到非常紧张。而他更希望孩子们像平时一样，在"课堂一小时"中自由辩论，各抒己见，这才对劲嘛!

"您这节课打算讲什么主题呢?"

"音乐，嗯……民族音乐……《我们的遗

产》组歌中的一首。"

"这算是哪门子'课堂一小时'？"拉希姆对听到这样的话并不意外，"您应该让他们先学好教养。"

"关于教养问题我们已经讲得够多了，可不止这一小时。"

"不管怎样，"哈丽曼·努尔马托夫娜斩钉截铁地说，"在我看来，您被孩子们牵着鼻子走了。"

拉希姆沉默地走出了教员休息室。他就知道，哈丽曼·努尔马托夫娜一定会把他的心情搞得一团糟。拉希姆抱着一摞厚厚的书，向教室走去。他的脑海中涌起了万千思绪：

什么是"课堂一小时"？它是一门具有引导

性的主题讨论课,主要讨论一些热点话题。这门课程的目标是帮助学生形成良好的品格,做出恰切的职业选择,树立明确的生活观,培养个人品位。可是,为了实现这些目标,老师就有权强迫学生想你所想、爱你所爱吗? 难道必须要求学生为讨论课准备一篇满是教条的演讲稿,然后从中选出一个发言人,看他装模作样地朗读那页通篇都是学生"禁止"如何的稿子·,而其他人必须乖乖地听他讲,仅仅为了走完这个过场? 这样只会使他们感到厌烦,在一些人生的关键时刻,对父母和老师给出的真正有益的建议也不愿再听。一些孩子甚至会产生强烈的逆反心理,故意去做那些被禁止的事,之后所有人都会指着鼻子骂他们,指责他们没有按照成年人的要求行事。这一切都是因为我们这些成年人总想把自己的观点强加给孩子们,而忽视他们内心的看法;总是把我们的喜好强行塞给他们,而不考虑两代人之间巨大的鸿沟。他们真正需要的是我们的理解,而非毫无意义的说教。

教室越来越近了。拉希姆十分确定,孩子们已经迫不及待了。

这本该是一节别开生面的课——课堂的主角是孕育出无数美妙歌曲和动人旋律的七个音符。这时拉希姆突然想起来,有一次,哈丽曼·努尔马托夫娜整整一周都带着她心爱的唱片《吉尔吉斯的游牧区》来学校,宣称它是民族乐曲,还强迫所有人听。九班的一个学生站起来说,这根本就不是民族音乐,而是由在世的作曲家克德尔纳扎罗夫创作的。结果他被赶出了教室,还从那天起被拉进了校长黑名单。同学们还清楚地记得,有一次哈丽曼·努尔马托夫娜看到黑板上写着"每一个拥有爱的能力的人,都是幸福的",就命令人把它擦掉,因为这句话里有"爱"这个字眼。但拉希姆却向她解释,这句话还没来得及写完,完整的句子应该是这样的:"每一个拥有爱自己祖国能力的人,都是幸福的。"

就在拉希姆快要走到教室门口时,哈丽曼·努尔马托夫娜追上了他。

"拉希姆·巴基洛维奇,请等一等!"哈丽曼·努尔马托夫娜急匆匆地跑了过来——这与她平日里端庄、稳重的样子大相径庭。

"有事吗?我们现在就要上课了。"拉希姆

十分不满地皱了皱眉。

"拉希姆·巴基洛维奇,请您等一下……先别进教室！娜杰日达·伊凡诺夫娜正在里面替您上课,您现在马上去一趟警察局。"

"出什么事了?"拉希姆感到很惊讶,"怎么这么急?"

"阿尔马诺夫被警察局拘留了……就是拜尔迪……得赶紧去把他保释出来。"

"阿尔马诺夫·拜尔迪? 可是他还未成年,不应该被拘留啊。"

"哎呀,我也不知道。应该是出什么大事了,不然也不会这样。请快去警察局,快去!"哈丽曼·努尔马托夫娜下达了"最后通牒"。"这次的'一小时',就下回再补吧……"

* * *

"什么事这么着急?"拉希姆自顾自地想着,为他"课堂一小时"的告吹感到闷闷不乐,"难道就连一个小时也等不了吗?"

一年以前,青年教师拉希姆·巴基洛维奇被社会委以重任——他需要领导开展不良少年的教育工作,组建民警少年之友的队伍,还要定期和未成年人案件侦查处的警员保持联系。正如硬币有其正反两面,这件事对拉希姆来说也是利弊共存。他不仅要经常和警察局联络,还需承担学校的教育教学工作,忙碌是自然的,不必多说。不过,就连年长男老师们都管不住的那群刺头,也会乖乖地听他的话,这让拉希姆感到颇为自豪。他知道,学生们在背地里都叫他

"警察老师"。

"一会儿都等不及吗?"拉希姆走在路上,越想越生气,"急什么急,赶着去投胎吗?"

到了警察局以后,拉希姆终于明白了个中缘由。

"你可算是来了!"拉希姆的到来让警察局里一片欢天喜地。

未成年人案件侦查处的监察员激动地握住了拉希姆的手。"你要是再不来,这小家伙都要逃走了。他说无论如何也不会回家。你听听他说的这叫什么话——你们最好把我直接关进监狱里! 让我回家? 想都别想……"

此刻,拜尔迪正坐在侦查处办公室里的一张椅子上,一张小脸皱成一团。他的眉头紧锁,纤长的睫毛上挂着晶莹的泪珠。看到熟悉的拉希姆·巴基洛维奇老师,拜尔迪喜出望外,差点从椅子上跳起来。

"他怎么会在你们这里?"拉希姆问,"是捅了什么娄子吗?"

"这个……事情是这样的,"监察员为难地挠了挠后脑勺,犹豫地开口说道,"嗯……我们抓到一个毒贩子……他们是团伙作案……这小家伙也在……"

"你说什么?阿尔马诺夫和毒贩子搅在一起?"拉希姆大吃一惊。

"是,也不是,"监察员的表情有些尴尬,"怎么说呢,不完全是……他只是被招募来的孩子中的一个……这些所谓的毒贩吧……其实也不是真正的毒贩……他们就是一些普通的老人，为了挣点外快，有时候会倒腾大麻。当然了，他们骗了这些孩子。几个老头子，假冒退伍老兵，忽悠孩子们运毒。而孩子们呢——自然就相信了他们。大概就是这么回事，帮助退伍老兵……"

"原来如此。"拉希姆笑了笑，"可以说，这些孩子是夸大宣传的受害者。"

"对啦，就是这么一回事，"监察员附和着，"宣传的受害者……不过，没关系……毒贩子已经抓到了，拜尔迪可以走了。现在最大的问题是他自己不想回家……"

拉希姆看向拜尔迪——男孩儿的情绪十分激动：

"我不要回家！就算把我送回去，我也会逃

跑的……”

现在轮到拉希姆为难地挠着后脑勺。但没过多久，他就想出了解决办法。

“那么，要不要跟我走?”拉希姆目不转睛地看着拜尔迪，“要回我家吗?”

“跟您回家?”拜尔迪有些不知所措。

“是的，跟我回家。要不要试一试? 先住下来，看看习不习惯，要是你愿意的话，也可以留下来……”

拜尔迪思考了很久，最终答应了。

“我们走吧，”拉希姆说着，站了起来，“走一步，看一步。到时候就知道该怎么办啦……”

于是，一个老师，一个学生——两人一起离开了警察局。

* * *

拜尔迪和拉希姆开始一起生活。他坚持不
回自己的家。继父来过几次,对他又是威胁,又
是谩骂,拜尔迪都不为所动。

拉希姆没有干涉他们的家事,他既没有劝
拜尔迪留下来,也没赶他走。拜尔迪的学习成
绩越来越好,他的言谈举止也发生了变化。那
种让孩子过度早熟的紧张和焦虑感,如今在拜
尔迪的脸上已经看不到了。

不久,监护委员会就剥夺了拜尔迪母亲的
监护权,继父也被送去强制戒酒了。而拜尔迪
则有可能被送去孤儿院。正是在这个节骨眼儿
上,拉希姆下定决心采取行动:他提出申请拜尔
迪的监护权。朋友和同事们都劝他慎重考

虑——兹事体大，不能头脑一热就决定。但拉希姆还是坚持自己的选择。

实际上，申请监护权并不是一件容易的事。拉希姆最担心的就是因为自己年龄不够，无法取得监护权。他还担心因为和妻子分居而被拒绝申请。为了避免这种情况发生，拉希姆甚至主动去找妻子迈拉姆，希望能和她重归于好，但对方一口回绝了。于是拉希姆就恳求她至少来参加监护委员会的会议，以证明他们的婚姻关系。幸运的是，迈拉姆同意了。

最终，拉希姆顺利取得了拜尔迪的监护权。

＊　＊　＊

几个月之后,大家终于明白了,为什么迈拉姆拒绝与拉希姆和好,却又同意去委员会会议上证明他们的婚姻关系。原来迈拉姆这样做是有条件的:她准备改嫁了,需要拉希姆同意离婚。

不知从哪一天开始,教员休息室的闲聊有了新的话题,而每当拉希姆一出现,休息室里的窃窃私语声就会戛然而止。起初拉希姆还没有注意到这种情况,但一些"好心人"善心大发,愈发执着地想让他听到一些事。于是拉希姆不仅得知了迈拉姆再婚的消息,还听说了自己没有生育能力、不善经营婚姻等许许多多出乎他意料的事情。

在这座小城里，谣言以喷气式飞机的速度散播开来。一周以后，拉希姆和迈拉姆的事已经成了所有人的饭后谈资。大妈们七嘴八舌地议论起拉希姆来，有人说："他年轻的时候可真是个风光的帅小伙呀！可惜没看上我家闺女。"而拉希姆的一些同事一直以来苦于自己的平庸无能，这次也逮住机会幸灾乐祸起来。这都是拉希姆应得的。谁让他以前说过一些挖苦人的俏皮话，伤害了同事们，给自己树了敌呢。可怜的小拜尔迪也没能躲过流言蜚语，只不过对他而言，这种程度的痛苦还是可以忍受的。

甚至连我这个作者都听说了——拜尔迪抛弃了自己的母亲，而继父呢，虽然不是亲生的，但毕竟也是父亲呀！居然给送到戒酒所了。

拉希姆和拜尔迪就这样被孤立了。

有一天,拉希姆下班晚了,在回家的路上碰到有一户人家举办婚礼。一些宾客已经喝得烂醉,甚至跑到房子外面来了。他们把拉希姆围了起来,邀请他和大家一起为新婚夫妇的健康和幸福干杯,否则就不放他走。

这下不得不喝了。

半个小时后,参加婚礼的宾客们终于放过了拉希姆。拉希姆和还在狂欢的宾客们道别后,准备离开。他刚走出去没几步,突然想起来——迈拉姆应该也是这几天办婚礼。

于是他问了最后一个问题:

"新郎叫什么名字呀? 新娘呢?"

"巴亚曼,"宾客们回答道,"巴亚曼和迈拉姆。"

"什么?"拉希姆停下脚步,像是被当头泼了一盆冷水,瞬间清醒过来,"新娘叫什么名字?"

"迈拉姆!"大家异口同声地喊道。

还真是她!拉希姆不一会儿就给自己灌了个烂醉。

离开以后,拉希姆跟跄地走在路上,时不时踏进雨后地面上留下的水坑里。他从一根柱子走到另一根柱子,又从一个水坑走到另一个水坑,还唱起了酩酊大醉下能想到的第一首歌:

我整日纵酒,

在醉中游荡,

葡萄美酒芬芳,

何必问罪佳酿？

友人喋喋不休，

说我失去理智，

说我醉生梦死。

只有我自己知道，

什么是为爱痴狂……

中途他甚至跌倒在一个水坑里，冻得几乎失去知觉。过了很久，拉希姆才勉强清醒过来，四周一片漆黑，水深至脚踝，他费了好大的力气才站了起来，却不知道自己身在何处。更糟糕的是，他甚至不知道接下来该去哪里。

* * *

一股浓郁的酒气扑面而来,让拜尔迪几乎感到窒息。这熟悉的气味让他想起了自己的继父和母亲,还有那已经亲口尝过的伏特加的苦味儿。

拜尔迪在半睡半醒中睁不开眼,一时还搞不清楚状况——难道是继父从戒酒所里出来了,打听到他现在的住址,来强行带他走?

恍惚间,他似乎听到了拉希姆叔叔隐忍的抽泣声。拜尔迪吓了一跳,连忙从床上坐了起来。他看到拉希姆叔叔正失魂落魄地坐在地板上,靠着床边低声哭泣。他浑身是泥,脏兮兮的鞋子在地毯上留下了许多脚印。

"你知道吗,我是真的爱她啊⋯⋯很爱很

爱。而她呢……她竟然……投入了另一个男人的怀抱。"

拉希姆双眼红肿地看向拜尔迪。直到现在,拜尔迪才确定——叔叔是在和他说话。突然,拉希姆叔叔抱头痛哭起来。

"谁也不需要我! 也没有人会爱我……就连以前也没有。让所有人都见鬼去吧!"他两手一拍,摆出一副与全世界为敌的姿态。

拜尔迪没有说话,他惊恐地看向拉希姆叔叔,不明白发生了什么。但在他的潜意识中隐约能感觉到,一定是发生了一些非常不好的事,才会让一个成年人受到如此大的打击。拉希姆叔叔醉得一塌糊涂,拉着拜尔迪说起胡话来:

"我是全世界最不幸的……最孤独的人,"

拉希姆叔叔哽咽地说，"甚至连她都……连她都不理解我。她根本就不愿意去理解我。这都是他的错……我的朋友和他的哥哥……尼亚兹！全都怪他，对吧？他答应了要做我的朋友，可是之后就不需要我了。去他妈的朋友！他算哪门子朋友，他就是个混蛋……"

拜尔迪感到有些不自在了。拉希姆叔叔在骂他的朋友，而且是最好的朋友，学校里所有人都知道他们是好朋友。为什么会这样？为什么昨天的朋友今天就变成了混蛋？他稚气、纯真的小脑瓜不会理解，其实大人们并不都是表面上看起来的那样，他们有时候可能会隐藏自己的真面目。拜尔迪的世界似乎是黑白分明的，他总是觉得好人就一定是好的，而坏人则永远是坏人。好人和坏人很好区分,他总是在第一时间就能辨别。比如,他的继父是一个酒鬼,不管怎么掩饰,都永远改变不了他是酒鬼的事实。但是拜尔迪怎么也没有想到,拉希姆叔叔竟然也喝酒。他感到恶心起来,一种强烈的厌恶感排山倒海般涌了出来,吞没了他本就不幸的灵魂。

生活在不断地提醒他——世界上充满了虚假的谎言,成年人都是酒鬼和骗子,他们所做的一切都是为了隐藏自己的真实本性。

拜尔迪从床上跳了下来,飞快地穿好衣服,冲了出去。他还不知道要去哪里,但他绝对不会再回到这个家了。他也不会回到自己原来的家,因为那里一定躺着宿醉归来的母亲。拜尔迪沿着空荡荡的街道漫无目的地走着，完全忘了今晚他还需要找个地方落脚。没错，绝对不能回原来的家！就像离家出走前和朋友们说的那样，他再也不想看到继父和母亲醉酒归来时几乎站不稳的可笑样子，也不愿再看到他们醉醺醺的丑恶嘴脸。

拜尔迪身心俱疲，昏昏欲睡。当务之急是找到一个能凑合睡一晚的地方。他想起了自己在邻居家阁楼上的藏身之处。尽管现在是不可能回家的，但拜尔迪还是不知不觉地朝着那个方向走去。有人说，他的继父不久前刚从戒酒所出来，现在还非常恨他。还有人说，他的继父发誓一定要杀了拉希姆叔叔，只是迫于警察的震慑才没有动手。警察们告诉他，如果他试图破坏拜尔迪现在的生活，那么他就会再一次被关进去，永远也不能出来了。

拜尔迪小心翼翼地翻过栅栏，悄悄地走到楼梯边，蹑手蹑脚地爬上了阁楼。在他离开四个月之后，阁楼还是和以前一样乱七八糟，找不到可以躺下的地方。拜尔迪试着腾出一个角落休息，没想到引起了很大的响动。他只好打消了在这里过夜的念头。拜尔迪返回楼下，去棚子里找了点东西，然后翻过小门，重新回到了街上。

当他路过公园的时候，看到有几个男孩儿试图把什么东西藏进灌木丛里，但这"东西"似乎是个活物，它在不停地挣扎着，努力摆脱他们的控制。男孩儿们勃然大怒，咒骂着，想让它安静下来。拜尔迪沉默地看了看他们,然后继续朝着前方走去。突然间,他听到了有人在低声呼喊——似乎是一个女孩儿的声音。

拜尔迪停下了脚步。

"快点走,小子,快离开这里!"一个男孩儿朝他喊了一句。就在这时,那个声音爆发了,还带着哭腔:"请您救救我吧!"

这次拜尔迪听得非常清楚,毫无疑问,这就是女孩儿的声音。他循着声音,向灌木丛后方走去。那边有好几个孩子,他们看上去年龄都比拜尔迪大。有两个人径直向拜尔迪冲了过来,嘴里低声嘟囔着什么,他们沙哑的声音在寂静的深夜里显得格外刺耳。

"你小子,快点滚开! 你是聋了吗? 赶紧滚蛋！她没叫你……"

其中一个男孩儿拍了拍拜尔迪的肩膀，还没等反应过来，拜尔迪就重重地挨了一拳。在倒下的时候，他听到另一个人大声向打人的同伴喊道：

"你搞什么？怎么下手这么重？他只是路过……"

打他的人飞快地离开了。拜尔迪从地上爬了起来，他感到自己的颧骨疼得厉害，看来对方真是下了狠手。

"这些苦头对你来说足够了吧?"眼前这位主张不动手的"好心人"掸了掸拜尔迪身上的灰尘，对他说，"你看，根本不值得为了一个女孩儿和他们结下梁子……你为什么非要给这个婊子撑腰？这都是她自找的,不然她为什么大半夜出来闲逛?"

这时,拜尔迪也爆发了。他猛地朝着打他的男孩儿扑了过去,一把抓住对方的肩膀,扭过他的头,狠狠地把对方打倒在地。紧接着,拜尔迪又朝灌木丛扑了过去,那边有两个人正在往下扒女孩儿的衣服。女孩儿绝望地哭喊着,拼了命地挣扎,对方已经要控制不住她了。拜尔迪抓住了面前的人,使劲推开了他。他又举起拳头狠狠地砸向第二个人,对方被打得仰面跌倒在地,昏了过去,很久才恢复知觉。

女孩儿连忙穿好衣服,冲出了灌木丛,哭喊着朝公园的出口跑去。"好心人"本来要去追她,但看到自己的朋友们情况不妙,又转身跑回来帮忙。与此同时,灌木丛那边,拜尔迪正压在一个人的身上,用拳头打对方的头。在激烈的搏斗中,拜尔迪甚至没有注意到,此刻在他的身后,"好心人"正拿着一根巨大的棍子走了过来,他使尽全身的力气抡起了棍子,狠狠地朝着拜尔迪砸了下去。

拜尔迪感觉自己的手突然就松开了,一股温暖的液体流到了眼睛上,让他看不清躺在身下的暴徒。紧接着,拜尔迪的视线变得模糊起来,他想,终于能美美地睡上一觉了。拜尔迪感到自己浑身发烫,一种温暖的感觉涌了上来,它先是席卷了他的身体,然后涌入了他的灵魂,最终,吞没了他的整个大脑。拜尔迪感到自己有些飘飘然,什么也记不清了,他渐渐失去了知

觉,仿佛要把所有令人不安的日子都抛在脑后,

在沉沉的睡梦中找寻自己的希望与安宁……

* * *

而与此同时,在一间孤零零的房子里,另一个不幸的人也正在酣睡中。他在昨天晚上彻底失去了自己的妻子,也正因为如此,他变得更加不幸了。最近几天天气很冷,拉希姆常常在清晨冻得直打哆嗦。在睡梦中,他以一个善良的人所特有的那种亲切、温柔的声音喃喃地说着最绝望的话:

"我一无所有……没有人爱我……"

突然,拉希姆一下子被拉回了现实世界。他猛地站了起来,还没完全搞清楚自己身在何处。他伸出手在黑暗中摸索起来,恍惚间听到好像有人在叫他。这是真的吗,还是在做梦?昨夜的酒让他的头昏昏沉沉,一股强烈的悲伤

笼罩了拉希姆，让他喘不过气来，可怕的想法如
噩梦一般不停地纠缠着他，使他无法集中精力
去思考。他到底在哪里？怎么回事？是谁在叫
他？

重重的敲门声接连不断地响起，这时他才
意识到，原来这里是自己的家。拉希姆冲向拜
尔迪的床，发现男孩儿不在床上，他吓了一跳，
猛地站了起来，不知道该如何是好。敲门声还
在继续着，拉希姆打开了门，门外站着的是一个
陌生的年轻人。

"请问您是拉希姆·巴基洛夫吗？"

"是我。"拉希姆惊讶地看着这位深夜到访
的不速之客。

"我是从医院过来的，"年轻人说，"您有儿

子吗?"

"是的,出什么事儿了?"拉希姆感到自己的呼吸变得困难了,他急得咳嗽起来,连声音都有些沙哑了。

"他在我们医院……"

拉希姆的视线变得模糊了,什么声音也听不到了,脑海中闪过一幕幕最可怕的画面。他一下子没抓住门把手,差点一头栽了下去。当年轻人抓住拉希姆的胳膊时,他仿佛如梦初醒,大喊道:"我们快走! 快去医院!"

他披上夹克,拖着那个被他刚刚的昏厥吓坏了的年轻人,向医院跑去。

"他怎么了?"拉希姆的声音颤抖着,几乎说不出话来。

“我只能告诉您，一些孩子打了他……”

“啊，这样啊，孩子们打了他。”拉希姆还没有完全清醒过来，他一会儿向前奔跑，一会儿又突然停下来，仿佛在回忆什么。

年轻人一直追在拉希姆的后面，几乎跟不上他飞快的步伐。拉希姆不久前还很虚弱，在昏厥之后甚至有些精神萎靡，可现在的他却好似长了翅膀一样，马上就要飞起来了。

医院的大门口站着一个警卫，但拉希姆根本没有注意到他，直接冲进了前门，来到了院子里。

“这边……从这边走。”年轻人跑在前面，给拉希姆开了门，让他先进去。迎面而来的护士几乎被吓得魂飞魄散。

"您是巴基洛夫吗?"护士小心翼翼地问,"这边,您的儿子在这里……"

拜尔迪躺在医生值班室里唯一的一张沙发床上。医生看到拉希姆以后,高兴得差点蹦了起来,大喊道:"你可终于来了!"他连忙握住拉希姆的手,带他在桌旁坐了下来。拉希姆认出来了——这是他以前的同班同学图尔贡巴耶夫。

"他怎么样了?"拉希姆上气不接下气地问。他还没从刚刚那场紧张激烈的"赛跑"中缓过神来。

"头部遭重物打击。"从图尔贡巴耶夫的表情可以看出,拜尔迪的情况相当严重,"失血过多,我们赶到时他已经失去意识了。"

"出事地点在哪里?"

"公园。这个女孩儿给我们打的电话。"图尔贡巴耶夫指了指值班室角落的身影。拉希姆这才注意到女孩儿的存在,他一眼就认出这是玛丽亚·谢尔盖耶夫娜的女儿瓦莲京娜。

"您好!"女孩儿怯怯地打了声招呼,朝拉希姆轻轻地点了点头。

"瓦莲京娜……小瓦利娅,到底是怎么一回事呀!"拉希姆在她旁边坐了下来。

女孩儿大声哭了起来。

"冷静一点,瓦利娅,没事的……别哭,"拉希姆搂着她的肩膀,"不要哭了,还是讲讲发生了什么事吧。"

瓦莲京娜擦了擦眼泪,开始用颤抖的声音

讲述事情的经过,中途还忍不住大哭了几次。拉希姆被听到的事情震惊了,他好几次站了起来,狠狠地抓着自己的头发,情绪激动地说:"我可真是个混蛋! 我都做了什么啊!"之后,他温柔地抱了抱瓦莲京娜,把她送到了门口,请救护车司机把女孩儿送回家去。司机用询问的眼神看向值班医生。

"把她送回家吧!"医生点了点头。

"我们现在应该怎么办?"拉希姆向老同学问道。此时救护车已经驶过街角,消失在了两人的视线里。

"希望一切都能好起来。"图尔贡巴耶夫安慰着他。

他们又回到了值班室。

"至少让我陪在他的身边,可以吗?"拉希姆对发生的事情感到无比内疚和自责,他的语气也变得犹豫起来。

"留下来吧,"图尔贡巴耶夫说,"我们现在把他转去病房,你可以陪护他。"

拉希姆感激地看着自己的同学。图尔贡巴耶夫指了指不远的位子,示意他坐下来,然后自己也坐在了拉希姆身边。

"冷静下来,一切都会好起来的。"拉希姆的内疚、痛苦和煎熬,图尔贡巴耶夫都看在眼里,"冷静点儿,随便和我聊点儿什么……你最近过得怎么样?"

"正如你所看到的那样,"拉希姆苦笑着,指了指躺在床上一动不动的拜尔迪,"活着,工作着……斗争着……"

"你还在斗争吗？你是为了什么而斗争呢？"图尔贡巴耶夫微笑地看着拉希姆，"你看，我们是在为人们的生命而斗争，你呢？"

"为了人们的灵魂……"

"嚯，你什么时候成毛拉①了？"

"我说的不是宗教意义上的灵魂。我们要做的是帮助人们学会思考、学会爱人，让人们坚强地生活，勇敢面对死亡。行了，别再说这些没用的废话了。你最好老实交代，最近有没有和咱班同学见过面？"

"我差不多和所有人都有来往，"图尔贡巴

---

① 伊斯兰教职称谓。

耶夫说，"我们还经常去对方家里做客，而你呢……大家都在抱怨你从来不去拜访他们。而且，你知道的，他们甚至还会因为你的某些行为而谴责你。"

"具体因为哪些行为呢？"

"至少有这件事：你收养了别人的儿子。就算要不了孩子，也最好和妻子生活在一起，否则……我们有些小姑娘甚至一口咬定，是你自己没有生育能力。不过，他们议论你，主要是因为你至今还没有再婚。把那样的妻子拱手让给别人，这是没有自尊心的表现。"

"好吧，关于婚姻的事情我勉强同意他们的看法，但是关于自尊心的问题，我必须好好说道说道……他们很多人总是把取得物质财富的多少和自尊心与骄傲挂钩。有些人成就了一番事业，就希望别人对他毕恭毕敬，这是他们心中最值得骄傲的事情。这种扭曲的价值观，怎能不影响他们的孩子？我们首先需要拯救的就是这些孩子的灵魂。

"我听说了，咱班很多女生都和丈夫分开了……这大概又是出于自尊心的考虑吧。肯定是因为她们的丈夫喝酒、打架。没错，至少她们是这样跟我解释的。我不禁想问问她们，嫁人的时候脑子里都在想什么呢？难道看不出对方是怎样的人？她们当然都看到了，而且看得一清二楚。只不过当时在她们心中，喝酒和打架是男子气概的表现。她们会说，男人就应该喝酒、抽烟、能打架，对吧？可现在呢，她们在婚后生活中直观感受到的不是什么勇敢、男子汉气概，而是粗野、没有教养，她们还尝到了丈夫的重拳落在自己身上的滋味，这时，她们才看清了对方的真面目——曾经心目中的英雄，如今将她们的自尊踩在脚下狠狠践踏，对她们所拥有的权利肆意破坏。那么最终的结果是什么呢？她们的孩子失去了父亲，之后又会落到继父的手里。好吧，孩子们也可能侥幸遇到正派的人，这种情况也是有的。"

说完这句话，拉希姆朝着拜尔迪的方向看了看。

"这小家伙恰恰不幸落在那种可怕的继父手中。要是你知道我收养拜尔迪以前，他活得有多么痛苦……你们居然还说什么，自尊心……"

"知道的,我知道他以前过得很苦。"图尔贡巴耶夫也在看着男孩儿。

"你怎么会知道?"拉希姆十分惊讶。

"你不想想我如何知道这是你的儿子?"图尔贡巴耶夫反问道,"他年纪太小,还没有身份证……但他在昏迷中一直呼喊你的名字,于是我就明白了,这就是被你收养的那个男孩儿……"

"你说他一直喊我的名字?"拉希姆用双手捂住了头,突然大哭起来,"天啊! 我真该死啊……要是我再碰一下酒杯,就让我去死吧! 要是我再沾一滴酒,就让我下地狱……"

拉希姆哭了很久很久,他一边哭着,一边不

停地诅咒自己,发誓再也不会喝酒了。

　　一旁的老同学没有说话。

　　他知道,拉希姆一旦许下诺言,就一定会兑现。

致中国读者

我的小说《少年拜尔迪的苦难》被译为中文，与广大中国读者见面。于我而言，这是莫大的荣幸。这篇小说取材于我在学校任教期间的亲身经历。它讲述了一个离家出走的孤独少年所历经的苦难。在学校里被老师责骂，在家中遭继父殴打——拜尔迪幼小的心灵无时无刻不处于痛苦的煎熬中。然而，苦难的生活不曾泯灭拜尔迪人性的光辉——在危难之际，他挺身而出，为保护萍水相逢的女孩，不惜以一敌多，最终身受重伤。

我由衷地期待读者能从这部作品中汲取力量，变得更加善良，更富有同情心，在他人需要帮助之时勇于伸出援手，以更加冷静的目光审视现实生活。

中国和吉尔吉斯斯坦自古以来就是山水相连的友好邻邦。早在 2010 年，我就翻译了《中国皇帝与吉尔吉斯斯坦可汗书信集》。该书收录在极具影响力的吉尔吉斯斯坦通讯社网站上。我坚信，中吉两国友谊源远流长，中吉友谊之树必将枝繁叶茂、四季常青。通过文学的交流，中吉两国的文化、经济和政治往来将更加密切。真诚地希望我的作品能够帮助中国朋友们更加了解吉尔吉斯斯坦。

——图鲁斯别克·马德尔拜